福爾摩斯
SHERLOCK HOLMES
最後的棋局

SHERLOCK HOLMES

大偵探福爾摩斯
SHERLOCK HOLMES
最後的棋局

實戰推理系列

實戰推理短篇

最後的棋局

老人與貓

日落餘暉映照在郊野的墓園上，把墓碑的影子拉得很長很長。

隨着葬禮完結，人們逐一散去，最後只餘下一名老紳士**依依不捨**地望着墓碑**沉默無語**。

「喵～」老紳士懷抱中的一隻三色貓嬌嗔地叫着。

叫聲打斷了老紳士的思緒，他回過神來，搔了搔貓兒的脖子，說：「抱歉啊，三毛。老奶奶她先走一步了，接下來你就要和我**相依為命**了。」

三毛**似懂非懂**的眨了眨眼，然後雙腿一蹬，從老紳士懷裏跳到地上。接着，牠把小額頭挨在老紳士的腳旁用力地**磨蹭**，像是在安慰老紳士似的。

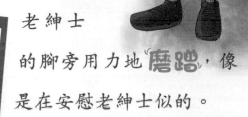

「謝謝你，三毛。我沒事的。」老紳士蹲下來，溫柔地撫摸了一下三毛的背脊，「我們回家吧。」

老紳士站起來，拖着**沉重的步伐**離開。

三毛看了看老主人那**孤獨的 背影**，也無言地

低下頭來跟在後面，朝着遠方的夕陽默默地離

去。

棋局的含意

一個涼快的下午，夏洛克到豬大媽的雜貨店幫忙後，正匆匆趕回家去，在半路中途被突然冒出來的猩仔攔住。

「**新丁1號**！少年偵探團G有任務了，快跟我來！」猩仔喊道。

「我還得回家做功課，沒空和你一起玩啊。」夏洛克沒理會猩仔，繼續前行。

「不是玩啦，是任務啊！而且非常重要！」

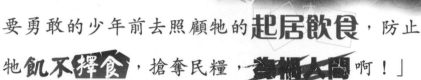

猩仔追在夏洛克後面，**滿面驚恐**地說，「在河的對岸，有一頭邪惡的貓科猛獸，需要勇敢的少年前去照顧牠的**起居飲食**，防止牠**飢不擇食**，搶奪民糧，~~危福人間~~啊！」

夏洛克冷冷地看着猩仔，沒好氣地說：「你的意思是要去把貓兒餵飽吧？對嗎？」

「餵飽？哎呀，我們這麼崇高的任務，怎可用那麼粗俗的詞語啊。」猩仔煞有介事地擺擺手，「我們是去監控猛獸，**守護和平**，以保**國泰民安**。」

「那麼偉大的任務，只有你這種人才方能勝任。再見，我就先回家了。」夏洛克加快腳步。

猩仔慌忙捉着夏洛克的手叫道：「等等！新

丁1號，除了餵貓之外，其實是有一位老人需要幫助呀！」

「**老人**？與貓有甚麼關係？」夏洛克訝異。

「那隻貓，不，那頭猛獸由一個老人家獨自照顧，我 **於心不忍**，才找你一起幫忙呀。」猩仔哭喪着臉説，「況且，要是照顧得不好，我有望增加的零用錢就 **泡湯** 了。」

「零用錢？」夏洛克明白了，「哼！你只是為了零用錢才説甚麼任務吧？」

「**糟糕！**」猩仔立即掩住自己的嘴巴，「我有説過零用錢嗎？不，我沒説過，肯定是你聽錯了。」

「**再會！**」夏洛克甩開猩仔的手，轉身就走。

「哇呀！沒人性呀！這個人真沒人性！**見**

死不救呀！虐待老人家呀！」猩仔忽然大叫，路人的目光都紛紛投向夏洛克。

夏洛克慌了，急忙掩着猩仔的嘴巴：「哎呀，怕了你啦，跟你去就是了。」

半個小時後，夏洛克已和猩仔來到一座**古老大宅**前面。

　　大宅前有一個宏偉的花園，擺放着不同的**大理石雕像**，甚具氣派。可是，花園裏的花已有些凋零，但從那些修剪過的枝葉來看，花園似乎曾經被**精心打理**。

　　「這個大宅的主人叫**湯爺爺**，是我爺爺的朋友。湯奶奶個多月前去世了，現在只剩下他孤單一人。我爺爺説，湯奶奶最喜歡**園藝**，每天都領着七八個園丁打理花園。不過，她去世後，湯爺爺把所有園丁都辭退了。看來，他不想**觸景傷情**，已無心賞花，寧願任由花草樹木枯萎。」

　　「原來如此。」

從一片**衰落的景象**中，夏洛克彷彿也感受到湯爺爺的哀傷。

咚咚咚！

猩仔用力地叩響了大門。不一刻，沉厚的木門緩緩地開啟，一個 **愁容滿面** 的老人走了出來。

「湯爺爺，你好！我是猩仔呀，我來探你啦！」猩仔大聲地打了個招呼。

「啊……猩仔，你好。」湯爺爺勉強地堆起笑臉，「今早收到 **李船長的信**，知道你會來。」

「爺爺要出海，沒時間來探望你，就特意叫我來了。」猩仔一頓，指着夏洛克繼續

道，「他是我的手下，叫新丁1號。嘻嘻嘻，他硬要跟着來看熱鬧，我就把他帶來了。」

「甚麼？我硬要跟着來？」夏洛克被氣得幾乎反白眼。

「要你們來探我，真不好意思。」湯爺爺仍顯得悶悶不樂。

「哈哈哈，不用不好意思啊！」猩仔心直口快，「我爺爺說做得好的話會給我加零用錢，所以我赴湯蹈火也在所不辭呢！」

「哎呀，你這樣說很失禮呀！」夏洛克沒好氣地說。

「我有話直說，是老實，哪會失禮！」

「呵呵，你們兩個真有趣。」湯爺爺給猩仔逗笑了，彷彿暫時忘卻了傷痛，「來、來、來，進來坐吧。」

　　就在這時，一隻**三色貓**走到湯爺爺腳邊磨

蹭了一下，並輕輕地發出「**喵喵**」的叫聲。

　　「咦？是隻好可愛的小貓咪呢。」夏洛克

說。

　　　　「牠叫**三毛**，是我太太起

　　的名字。」湯爺爺說，「你們

　　　看，牠背上的毛看起來像

　　不像個『3』字？」

「啊？三毛，原來爺爺說要照顧的就是你嗎？小貓咪。」猩仔蹲下來，伸手想摸。可是，三毛一個閃身就躲開，並**幾個躍步**跑到屋外去，頭也不回地走了。

「**糟糕**，牠跑掉了！」夏洛克慌了。

「不用擔心。牠每天都會外出，到了吃飯時間，就會急急地跑回來了。」湯爺爺笑道。

「嘻嘻嘻！跟我一樣呢。」猩仔吃吃笑地說，「我常到外面玩，但一到**吃飯時間**就懂得跑回家。」

「他最怕肚餓，一餓就會《**雙腿發軟**》。」夏洛克向湯爺爺說。

「那麼，現在肚子餓了嗎？」湯爺爺領着兩人走進客廳，「你們隨便坐，我去拿些 **茶點** 來。」說完，他就往屋內深處走去。

夏洛克在客廳四處看了看，一幅掛在牆上的

肖像畫 引起了他的注意。

「你知道畫中人是誰嗎？」他問。

「啊？她嗎？她就是 **湯奶奶**，我在去年聖誕節見過她。」猩仔説。

「她笑得那麼 **和藹可親**，一定是個好人。」

「湯奶奶當然是個好人。聽爺爺説，湯奶奶出身

，卻嫁給年輕時只是個 **窮小子** 的湯爺爺。」

「是嗎？那麼，湯爺爺和湯奶奶的感情一定很好了。」

「還用説嗎？我每次來，都看到他倆一起下棋，**好恩愛** 啊。」

「這麼説來，我剛才在那邊看到 **一盤棋** 呢。」夏洛克説着，走到放着棋盤的桌子旁。

「那不是一盤棋。」這時，湯爺爺剛好端着茶點走了過來。

「**不是一盤棋？**」夏洛克訝異。

「對，那……其實是**一道謎題**。」湯爺爺深深地吸了一口氣，語帶感觸地說，「自退休後，為了保持**頭腦靈活**，我和湯奶奶每天都會互相出一道謎題，讓對方解答。這個習慣已維持了**20年**啊。」

「每天一道謎題……還維持了20年？」猩仔不禁**咋舌**。

「幾個月前，湯奶奶被宣告**患癌**，她知道餘日無多，在入院前留下了**最後一道謎題**——就是這個棋局。她**千叮萬囑**，要我一定把它破解，並按照棋局的提示去做……」

「棋局裏還有提示？」夏洛克感到奇怪。

「是。但可惜的是，她住院期間我太擔心了，**完全提不起勁**去看這個棋局。」湯爺爺哀傷地歎道，「在辦完她的葬禮後，我到最近才靜下來嘗試破解，可是怎樣也**破解不了**。」

「湯爺爺，實不相瞞，我其實──」猩仔拉一拉領結，一本正經地說，「是一個**解謎高手。助人為快樂之本**，就讓我來幫你破解這個棋局吧！」

夏洛克看着猩仔那**老氣橫秋**的樣子，感到好氣又好笑。

「謝謝你的好意……」湯爺爺搖搖頭，「但

這是湯奶奶留給我的最後一盤棋局，我**必須親自把它破解**。」

夏洛克向猩仔遞了個眼色，然後向湯爺爺問道：「那麼，可以解釋一下玩法嗎？我們從未見過這種棋局，也想學習一下。」

「好吧。」湯爺爺點點頭，並指着棋盤當中的白色棋子說，「這枚棋子叫作**主教**，它只能往**斜角四個方向**移動。湯奶奶要我做的是，在不停留在任何**空白格子**的情況下，一口氣讓白色主教吃掉所有**黑色棋子**。」

「看來很簡單呀。」猩仔説。

謎題①：
白色的主教棋子只能向斜角移動。如何在不停留於任何空白格子的情況下，讓白色主教一口氣吃掉所有黑色棋子呢？

「每一步都可從**4個方向**中選擇，看似很簡單吧。」湯爺爺皺起眉頭說，「但我無論怎麼走，總有一兩枚黑棋沒法吃掉。」

夏洛克想了想，

問道：「你沒法吃掉的，是哪些棋子？」

「**右上角**和**右下角**那2枚。」

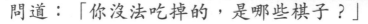

夏洛克**目不轉睛**地盯着棋盤一會，然後

說：「我覺得最難吃掉的應該是**主教正上方**的那枚棋子才對。」

「主教正上方？」

「對。因為只有**右下方一條路**能到達它的位置。」

「等等，這麼說來，主教正上方的那枚棋子很可能就是**終點**了。如果這個推論沒錯，該怎樣走呢⋯⋯？」湯爺爺**自言自語**。

「湯奶奶有沒有說不可以**走回頭路**？」夏洛克不經意地輕輕吐了一句。

「回頭路？她沒說過啊。」湯爺爺盯着棋盤再**沉思片刻**，突然猛地抬起頭來，「啊！原來如此！我找到答案了！」

「真的嗎？答案？」猩仔非常驚訝，「怎麼忽然間就破解了？」

「全靠你的同伴——**言簧想夢中人**啊！」湯爺爺馬上拿來一張紙，把主教的行走路線畫了上去。

有時候往回頭路走，也不一定是壞事！想通這點，說不定你就能找出答案了。假如還是想不通，就到第39頁看答案吧。

「夏洛克說了些甚麼嗎？」猩仔仍然**不明所以**。

「不過，湯奶奶說要我按照棋局的提示去做，究竟是做甚麼呢？」湯爺爺歪着腦袋**苦苦思索**。

「真是個難題呢。」夏洛克也感到**束手無策**。

「哎呀，難題可以慢慢想。」猩仔拿起一塊蛋糕，「**糕點**卻要及時吃，我不客氣了。」說罷，馬上把蛋糕塞進口中，「嚕咚」一聲把它

吞下了。

「是的，我們一邊吃茶點一邊想吧。」湯爺爺笑道。

「嘻嘻嘻，花園 ，不如到外面吃吧。」猩  仔舔了舔嘴唇提議，「湯爺爺，還有蛋糕嗎？在美景之下，我還可以幫你多吃幾塊。」

「你太饞嘴了！」夏洛克沒好氣地說，「不能只顧吃，也要幫忙想想湯奶奶的提示啊。」

「不，猩仔說得有道理。」湯爺爺笑道，「一邊吃着糕點，一邊欣賞美景，說不定心情

放鬆下來，就能想通湯奶奶的提示了。」

「哇哈哈！湯爺爺真**明白事理**啊！」猩仔得意地笑道，「湯爺爺，麻煩你快把所有糕點拿來吧！」

「好的。不過，花園的**花草樹木**已好久沒有修剪過了，不宜近看。不如我們上**天台**吧，遠看還是挺漂亮的。」說着，湯爺爺去廚房取了**十多塊糕點**，然後領着猩仔兩人攀上樓梯，去到了**天台**。

「哇！**一覽無遺**，好漂亮的景色啊！」猩仔隨意稱讚了一句，就一屁股坐下來，又塞了一塊蛋糕到口中。對他來說，美食比甚麼都重要。

「……？」這時，不知為何，夏洛克卻看着眼下的園景發呆。

「怎麼了？」湯爺爺問。

「這景色……怎麼好像有點眼熟？」

「是嗎？」

「那些大理石像的佈局……怎麼好像一個棋盤？」

「啊……」湯爺爺往下方的園景看去，完全呆住了。

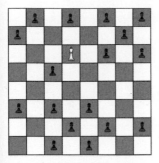

「**原來……原來如此……**」

湯爺爺呢喃，「她……在棋盤的佈局，原來是仿照大理

	雕像		雜物房		雕像		雕像
雕像						雕像	
			大宅		雕像		雕像
	雕像						
雕像		雕像		雕像			
			雕像		雕像		雕像
		雕像		雕像			

石像在花園擺放的位置。那枚主教棋子的位置，其實就是**這所房子**。而終點的黑棋子，是那邊的**雜物房**。」說完，他伸出顫巍巍的手，指向眼下前方的一間小木屋。

「唔，太好吃了。」這時，猩仔又**自顧自地**把一塊蛋糕塞進口中，大口大口地咀嚼

27

起來，完全沒理會湯爺爺和夏洛克在說甚麼。

「難道湯奶奶的提示就在雜物房內？」夏洛克猜測。

「我們去看看吧！」湯爺爺 急切 地轉身下樓。夏洛克見狀，馬上跟上。

「實在太好吃啦！新丁1號，你不吃嗎？」猩仔舔了一下手指頭上的 奶油 ，轉過身去問。

「咦？他和湯爺爺呢？」這時，他才發現兩人不見了。

貓的聚會

湯爺爺和夏洛克來到雜物房前，正想推門進去時，忽然，屋內傳來一陣陣「喵喵喵」的叫聲。

「唔？」湯爺爺詫然。

「聽聲音，屋內好像有好幾隻貓呢。」夏洛克說。

「難道又有**野貓**走進來玩耍？」湯爺爺說

着，悄悄地走到窗邊往裏面看去。

「啊⋯⋯⋯！」湯爺爺怔怔地看着屋內，完全呆住了。

夏洛克感到有異，也慌忙走過去看。一看之下，他也當場呆住了。

只見屋內聚集了好幾十隻貓，牠們「**喵喵喵**」地**交頭接耳**，仿似正在討論着甚麼**正經事**。

「怎會這樣的？」夏洛克問。

「我⋯⋯我明白了。」湯爺爺茫然若失地說，「原來，湯奶奶是想我看看這個情景，讓我知道，那些野貓會聚在這裏**開會**。」

「開會？」夏洛克並不明白。

湯爺爺沒有回答，只

是**自顧自地**呢喃：「她一定是想叫我不要拆掉這間木屋，好讓野貓們有個 **安全的聚集點**。」

「拆掉木屋？」夏洛克更不明白了。

「是這樣的……」湯爺爺憶述，「由於我並不喜歡野貓在這裏出沒，在湯奶奶發病前，我說過要**拆掉這間木屋**。但她強烈反對，加上不久後她病發了，我就沒有再提拆屋的事。」

「啊……」夏洛克恍然大悟，「這麼說來，湯奶奶一定是怕你在她去世後**重提舊事**把木屋拆掉。所以，就設計出**最後一個棋局**，讓你知道野貓們在這裏聚集，並不是為了玩耍，

而是**另有原因**。」

「原因？甚麼原因？」突然，猩仔從兩人身後探頭來問。

「哇！差點給你嚇死了。」夏洛克嚇了一跳。

「野貓們就像我們一樣，有牠們**自己的社會**。」湯爺爺說，「每隔一段時間，牠們就要聚在一起開會，討論須要**解決的問題**。這間雜物房，看來就是牠們用作**開會的場所**。」

「那麼，三毛呢？」猩仔大感興趣，「牠會不會也在當中開會？」

「牠也一定在當中。看來，正是牠召集野貓們來這裏開會的。難怪……湯奶奶這麼緊張這間木屋了。」湯爺爺探頭張望，「三毛……三毛……哪一隻是三毛呢？」

貓的 聚會

「我想想……」夏洛克努力地回憶，「我記得牠的右邊**耳朵黑色**、左邊則是**褐色**。背部的花紋還呈現一個『3』字，應該能認出來。」

謎題②：三毛在哪裏？

翻到前頁去看看三毛的毛色是怎樣吧。假如還是找不到，就到第39頁看答案吧。

「每隻貓的樣貌都差不多，真能認出來嗎？」猩仔**毫無信心**。

「是那一隻嗎？不，應該是那一隻……」夏洛克透過窗戶，看着那些野貓**自言自語**。

「哎呀，太麻煩啦！」猩仔沉不住氣，「直接進去找不就行了！」

說完，他「**砰**」的一聲踢開木門，闖了進去。

屋內的一眾野貓被嚇了一跳，剎那間**四散奔逃**，全逃得**無影無蹤**。

夏洛克和湯爺爺慌忙追進來，正想責罵猩仔

34

時，卻被眼前的景象嚇了一跳。

雜物房的正中央，只見三毛望向這邊挺立着，牠的跟前有個小窩，裏面竟有**5隻仍未開眼**的小貓咪。

「啊……」看到此情此景，湯爺爺終於**恍然大悟**，「原來……剛才那些野貓是圍着三毛，向牠祝賀生了5隻小貓咪。」

「原來是個**祝賀貓咪出生的大會**，太有趣了！」夏洛克又驚訝又開心。

「哇哈哈！太可愛了！」猩仔興奮地衝前，

伸手向小窩摸去。

同一瞬間，三毛「颼」的一下就往猩仔抓去。

「哇呀」一聲慘叫響起，猩仔的臉上已多了三道割痕，痛得他一屁股就倒在地上。三毛乘勝追擊，一躍撲到猩仔跟前，還發出「呼呼」的叫聲。猩仔惟恐再受襲擊，被嚇得屁滾尿流似的落荒而逃。

湯爺爺和夏洛克看到猩仔的狼狽相，不禁哈哈大笑起來。

三毛看到猩仔遠去，就轉過身來，走到湯爺

爺的腳邊，用牠的小額頭不斷在湯爺爺的褲腳**磨蹭**。

「嗯⋯⋯我明白的⋯⋯我明白你的意思了⋯⋯」湯爺爺蹲下來，撫摸着三毛的背脊，彷彿牠就是湯奶奶似的，**一往情深**地傾訴，「⋯⋯你一定知道三毛懷孕了，就提示我來這間木屋，讓我**見證小生命的誕生**。我按提示來了，沒想到還能親眼看到野貓們的祝賀大會。你沒想到吧？嗯⋯⋯我知道的，有三毛和那些野貓相伴，我一定能度過**傷痛的日子**的。你不用擔心⋯⋯我會**堅強地活下去**的。」

夏洛克看着**重拾生存勇氣**的湯爺爺，不禁暗想：「難道……那個棋局的**回頭路**，其實也是湯奶奶的提示？提示**人生沒有死胡同，只要回頭想一想，就能走出一條生路嗎？**」

謎題①

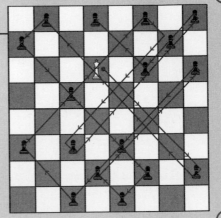

　　通常在這問題碰壁的原因，是因為沒想過可以走回頭路。例如第一步往右下之後，沒想到回頭往左上走，就會以為走進了死胡同。但只要想到可以回頭走，道路的選擇就會變得豁然開朗。

謎題②

三毛就在這兒！

實戰推理短篇 未完成的壁畫

婚禮背後的故事

午後的陽光穿過林蔭，在地上映照出斑駁的金黃色。夏洛克穿了套禮服，跟着母親美蒂絲一起外出。兩人穿過熙熙攘攘的商店街，往位於街道盡頭的教堂走去時，夏洛克聽到三個盛裝打扮的婦人議論紛紛。

「那新娘之前的男朋友不是一個畫家嗎？」

「聽説她被那畫家拋棄了。」

「但現在的新郎是個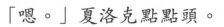，看來會更幸福呢。」

夏洛克別過頭來對母親説：「新娘子是媽媽的朋友嗎？」

「是喔，不過自從你出世後，我們已經有一段時間沒見

面了。待會你要好好跟人家打招呼啊。」美蒂絲説。

「嗯。」夏洛克點點頭。

不一刻，他們已走到教堂的前面。

「好多賓客呢。」兩人跟隨着賓客穿過掛着華麗花鐘的拱門，走進了教堂。首先映入眼簾的是一幅又一幅壯麗的壁畫，栩栩如生

地繪畫着一眾**翩翩起舞**的天使，令人倍覺**溫馨**。

這時，陽光正透過彩繪玻璃射進教堂內，讓地板和牆壁都染上了**絢爛的色彩**，讓人恍如置身於**夢幻世界**一樣。

「哇，這教堂很美麗啊。」夏洛克驚歎。

「是啊！」一個胖紳士轉過頭來，自豪地說，「我們教堂聘請了一位畫家，花了數年時間把這裏的壁畫和彩繪玻璃全部重新繪畫，令這兒成為了**本郡最美麗的教堂**呢。」

「原來如此。」夏洛克有禮地說，「先生，謝謝你的介紹。」

「別客氣，你慢慢欣賞吧。」胖紳士説完，就找了個位置坐下。

夏洛克環視教堂，正想再仔細看清楚那些

壁畫時，卻注意到其中一面**灰白色的牆**上，只畫了一個拱門似的**空洞洞**的圖案，在其他華麗的壁畫包圍下，顯得格外**突兀**。

「那幅壁畫怎麼了……？」夏洛克呢喃。

「看來是尚未完成呢，待會再欣賞吧。」美蒂絲牽着夏洛克的手，一起穿過教堂的走廊，去到後方一所小房子前。夏洛克看到門上掛着的**花環**，就知道這是新娘子的休息間。

美蒂絲正想叩門時，突然，木門「**砰**」的一聲被打開了，一個身穿**白色禮服**的

小胖子跌跌撞撞的衝了出來。夏洛克被嚇了一跳，他定睛一看，發現眼前的小胖子不是別人，竟是他的好朋友**猩仔**！

「猩仔？你怎會在這裏的？」夏洛克驚訝地問。

「**救命！救命啊！**」

猩仔驚慌地撲到夏洛克身上，

「**有人追殺我！**」

「追殺？甚麼人追殺你？」夏洛克不敢相信。

「喂！你跑到哪去了？我們還要**彩排**呀！」一個響亮的聲音從小房子內傳來。

「不得了！她來了！」猩仔**臉色煞白**，一個急竄，躲到夏洛克身後。

這時，一個身穿白色禮服、胖乎乎的女孩走了出來。她個子高大，手上又拿着 雞毛帚，顯得 霸氣十足。

　　「哇！救命！新丁1號，你一定要救我！」猩仔在夏洛克背後 縮作一團。

　　「喂，你躲在人家身後幹嗎？快出來呀！」胖女孩說完，又衝着夏洛克叫道，「還有，你這小子為甚麼把 我的搭檔 藏起來？我們要彩排呀！」

　　「彩排？」夏洛克瞪大了眼睛。

　　「怎麼傻乎乎的，這位小妹妹一定是 新娘子的花女。猩仔是她的搭檔，不就是花童嗎？」美蒂絲提醒。

「啊！」夏洛克恍然大悟，一手抓着猩仔，向胖女孩说，「對不起，我把**花童**還給你。」

「甚麼？你竟**出賣**我！」猩仔大驚，正想用力掙脱，但説時遲那時快，胖女孩已一個箭步衝前，她**手起刀落**，把**雞毛帚**一揮，「**啪**」的一聲打在猩仔的大腿上。

「**哎呀呀呀呀！**」猩仔慘叫，「小虎妹，你放過我吧！」

「當花童必須**正正經經**地站好，怎麼教你這麼多次，你也學不會？」名叫小虎妹的胖女孩又手起刀落，「**啪**」的一聲往他的左腿使勁地抽打了一下。

「**哇！**」猩仔本來向外彎的左腿突然霍地伸直。

「這邊也要直立呀！」小虎妹的話音剛落，雞毛帚已「**啪**」的一聲打在猩仔的右腿上。

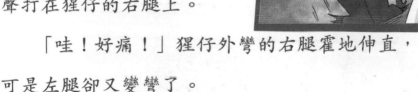

「哇！好痛！」猩仔外彎的右腿霍地伸直，可是左腿卻又變彎了。

「哎呀，又來了！」小虎妹喝道，「兩條腿也要同時伸直呀！」說着，她**左右開弓**，「**啪啪啪啪**」地不斷矯正猩仔的站姿。

美蒂絲沒想到竟有這麼強悍的花女，已看得**目瞪口呆**。夏洛克卻心中暗笑——常常**不可一世**的猩仔，這次終於遇到**剋星**了！

在一輪嚴厲的雞毛帚攻勢下，猩仔總算懂得直立了。不過，在夏洛克看來，直立的猩仔比腿彎彎的猩仔更顯得**滑稽可笑**。

「猩仔！你立正時**好帥**啊！」小虎妹滿意地一笑，並出其不意地在猩仔的面頰上吻了一下。

「**嘻嘻哈哈！**」猩仔突然變得**滿面通**

紅，搖頭擺腦地傻笑起來。

「猩仔、小虎妹，有客人嗎？」就在這時，一名 **皮膚白皙** 的新娘從小房子步出，她那襲雪白的婚紗讓她顯得更 **明艷照人**。

「**卡蓮(Kalin)**，是我呀。」美蒂絲走上前笑道，「很久沒見，恭喜你出嫁啊。」

「啊！美蒂絲，你來了！」新娘高興地拉着美蒂絲的手說，「進來吧。我有很多說話想跟你說呢。」

「好呀。」美蒂絲說完，轉過頭來囑咐，

「乖兒子，你跟你的朋友玩耍吧，我和新娘子要**聚舊**。」

「知道了，你們慢慢談吧。」

待卡蓮與美蒂絲走進小房子後，小虎妹便對夏洛克說：「我的**表姐**很漂亮吧？將來我出嫁時，也一定要這麼漂亮！」說完，她往猩仔**瞅了一眼**。

猩仔赫然一驚，慌忙說：「我還有很多案未破，又未成為蘇格蘭場的警探，**不能娶你**啊！」

「哼，誰說要你娶我？」小虎妹**一臉不屑**

地說，「本小姐的要求很高啊。**胖的**不要，**矮的**不要，**太瘦的**不要，**太高的**不要，**沒學識的**不要，**太過書呆子**也不要。呀！對了，**畫畫的**一定不要！」

「太好了，幸好我不懂畫畫。」猩仔鬆了一口氣。

夏洛克覺得小虎妹的**擇偶條件**很有趣，於是問：「為甚麼畫畫的不要呢？」

「哼！還用問嗎？畫家都是**負心人**，就像表姐的前男友那樣，**一聲不響**就跑掉了！」

「可是，一個畫家是負心人，不代表所有畫家都一樣啊。」

「這個我不管，總之，我最討厭畫畫的！」

53

小虎妹**滔滔不絕**地說，「你知道嗎？表姐與她的前男友**連格(Lingard)**已到了談婚論嫁的地步啊！但舅父嫌他是個**窮畫家**，不准他們交往。表姐不顧反對，決定與他私奔。不過，實在太豈有此理了！那個畫畫的竟然隨即**人間蒸發**，消失了！」

「消失了？」夏洛克訝然。

「會不會是遇上了意外呀？」狸仔聽到人間蒸發，立即**興味十足**地推理，「譬如說，他不小心掉進**糞坑**中淹死了，又或者被**奸人所**

害，給埋了呢？」

「不會啦。」小虎妹擺擺手，「表姐收到連格寄給她的一張明信片，上面還寫着『**請不要找我**』的字句。」

「我明白了！」猩仔自作聰明地説，「他一定是**懸崖勒馬**，發現自己並不愛你的表姐，只好**一走了**之！」

「懸崖勒馬？這是遇到危險時**清醒回頭**的意思，不能這樣用啊。」夏洛克輕聲提醒。

「哈哈哈，都一樣啦。」猩仔也輕聲説，「女人都是危險的嘛。」

幸好小虎妹沒聽到兩人的對話，只是帶着怒氣説：「如果那傢伙真的不愛表姐，就太過

分了！他只是個窮畫家，小時候又**摔咬破了相**，其中一隻**耳朵缺了角**。我表姐也從沒嫌棄過他啊！」

「原來如此……」忽然，猩仔面色一沉，摸着腮幫子**老氣橫秋**地說，「曾經破相嗎？我明白了。他一定很自卑，發覺自己配不上你表姐，只好**黯然引退**。」

「是嗎？聽來也有點道理呢。」小虎妹鼻子一酸，「其實，他也不用**自卑**啊，他畫的畫很漂亮，例如——」說着，她從袋子裏拿出筆記本，掏出了一張夾在裏面的**明信片**。

「啊？就是那張明信片？」夏洛克訝異，「怎會在你手上的？」

「表姐看到明信片後

很傷心，但又不捨得把它丟掉，我為免她**觸景傷情**，就悄悄地收起來了。」小虎妹說，「今天把它帶來，是想在表姐出嫁後把它**銷毀**的。」

「讓我看看。」

夏洛克接過明信片，看到畫的正中央有一個被**藤蔓纏繞**的**鞦韆**，它好像被棄置了很久，散發出一種**莫名的孤寂**。畫的上方，寫着小虎妹提及的那句「請不要找我」。不過，筆觸看來並不利落，像是掙扎良久才寫下似的。

夏洛克細看了一會，抬起頭說：「這明信片好像**別有含意**。」

「甚麼含意？」

「你看這些纏在鞦韆上的藤蔓，它們像不像一些文字？」

「甚麼文字？讓我看看！」猩仔也把臉湊過來，「你是指那些**綠色的枝葉**？」

「這麼說來，好像是寫着 **2、I、<、6**和**U**呢。」小虎妹也看出來了。

謎題①：你能否看出畫中隱藏的文字？

「2個數字、2個英文字母和1個符號，看來完全沒有意思呢。」猩仔説。

「不，我覺得把它們合起來，寫成**2I<6U**，就很像一條算式。」夏洛克説。

婚禮背後的故事

「算式又怎樣？也沒有任何意義呀。」

「沒有任何**意義**嗎？」夏洛克盯着明信片沉思片刻，突然，他**眼前一亮**，「呀！我明白了！這條算式含有**I LOVE YOU**的意思！」

「真的？」小虎妹不敢置信。

「哎呀，連格**一聲不響**就拋棄了卡蓮小姐，又怎會留下這樣的訊息啊。」猩仔並不同意。

2I<6U這算式簡化後會得出甚麼呢？想不通的話，可以翻到第86頁看答案。

「唔……」夏洛克又想了想，「難道**箇中**另有**隱情**？」

就在這時，一個一臉嚴肅的老紳士走了過來。他一看到夏洛克手上的明信片，就**怒氣沖沖**地喝問：「那不是害得卡蓮**傷心**

欲絕的明信片嗎？怎會在你們手上的？」

「**舅父**……」小虎妹不知怎樣回答。

「哈哈哈，沒甚麼啦。」猩仔**人急智生**，連忙為小虎妹辯解，「卡莫先生，我們剛才發現卡蓮姐姐還收藏着這張明信片，為免她**藕斷絲連**，就把它偷出來準備**銷毀**啊。」

「原來如此。」老紳士卡莫放鬆了繃緊的臉容，「猩仔，你做得好！馬上把它銷毀吧。要知道，那小子的老爸是個**罪犯**，出身低賤，全身都散發着**霉氣**。

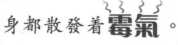

你們看，這張明信片上的鞦韆**破破爛爛**的，簡直令人**噁心**！」

「爸爸！」突然，眾人身後響起了一下叫聲。他們回過頭看

去，只見卡蓮和美蒂絲站在小房子的門外。

「爸爸！」卡蓮激動地說，「連格雖然拋棄了我，但你不應**出言不遜**，說他出身低賤！」

「卡蓮，你別激動。」卡莫勉強堆起笑臉，「今天是你**出嫁的日子**，我們不要再提起那些不愉快的事了。」

「不！」卡蓮**不肯退讓**，「你說連格的爸爸是個**罪犯**，究竟是甚麼意思？」

「哼！」卡莫面色一沉，「本來不想說的，既然你堅持要問，我就說吧！那窮小子的父親表面上是個**牧師**，以前卻是個**打家劫舍的強盜**。他雖然已

WANTED

ROBBERY
$3000 REWARD

George

經改名換姓，但還在通緝犯的名單上呢！」

「不可能，你騙人！」卡蓮不肯相信。

「騙人？連格本人也承認了，何來騙人？」卡莫鄙視地說，「他**一聲不響**就離開你，就是為了**不想他老爸的醜事曝光**呀！」

「啊……」卡蓮呆了半晌，「難道……難道……你就是用這個來**要脅**他，逼他離開我的？」

被卡蓮這麼一說，卡莫有點慌了，連忙說：「我……我這樣做也是為你好呀。**有其父必有其子**，你跟那罪犯的兒子一起，只會誤了你的人生啊！」

「太過分了！你怎可以這樣，讓我錯怪了連

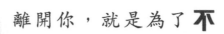

格！」卡蓮**怒不可遏**。

「我是為你好呀。」卡莫還想辯解，最後卻說，「算了，連格已**人間蒸發**，再說也沒用了。」說罷，他就搖搖頭走開了。

「沒想到……沒想到爸爸他竟然……」卡蓮伏在美蒂絲肩膀上**抽泣**起來。

美蒂絲遞了個眼色，夏洛克意會，知道媽媽要安慰卡蓮，就留下小虎妹，拉着狸仔走開了。兩人目睹剛才的情景，都感到有點**意志消沉**，只好默不作聲地回到教堂，一起坐在**最角落的長椅上**，等待婚禮的開始。

畫家 艾連拿

　　這時，一個身形修長的年輕男子在門外**探頭探腦**地張望，當他注意到猩仔的裝扮時，就走過來問：「咦？小弟弟，你是**花童**吧？怎麼在這裏**愁眉苦臉**的，婚禮馬上開始了，不用去準備嗎？」

「早已準備好了，沒想到新娘子跟她的爸爸大吵一頓，**真掃興**！」猩仔毫不掩飾地說。

「吵架？為甚麼會吵架？」男子追問。

「當然是為了——」猩仔說到這裏連忙打住，他瞅了男子一眼說，「喂！你是甚麼人？問這問那的，想打聽甚麼？」

「啊……抱歉，忘了自我介紹。」男子尷尬地笑道，「我叫**艾連拿**，是這所**教堂的畫師**。」

「啊？」夏洛克眼前一亮，「難道這裏的壁畫就是你畫的？」

「是的。」

「太厲害了，壁畫很漂亮啊。」

「過獎了，我只是把心中所想都畫出來罷

了。」艾連拿謙虛地說。

「不過，有一幅好像還**未完成**呢。」

「未完成？你指的是？」

「像一道**拱門**那幅呀，中間空洞洞的，不是未完成嗎？」

「不，已經完成了。那幅壁畫代表着我**最珍重的回憶**，在適當的時候，它的全貌就會顯現。」艾連拿搔了搔頭，露出了本來被頭髮覆蓋着的耳朵，「對了……剛才你們說新娘子跟她父親吵架了，為的是？」

忽然，夏洛克注意到艾連拿的耳朵，心中不禁閃過**一絲懷疑**。

「喂，人家吵架**與你何干**？」猩仔警探上身，不客氣地問道，「你究竟想打探甚麼？」

「這⋯⋯這個嘛⋯⋯」艾連拿**吞吞吐吐**地說，「我⋯⋯只是好奇，在結婚的大日子，怎會兩父女吵起架來罷了。」

「真的是這樣嗎？」夏洛克眼底閃過一下**凌厲的目光**，緊盯着艾連拿問道。

「啊⋯⋯」艾連拿慌忙避開他的目光，說，「對了，我給你們弄杯熱牛奶吧。卡蓮⋯⋯新娘子最喜歡**熱牛奶**了，喝過後心情應該會**平伏一點**。」

夏洛克聽到他這樣說後，沉默了一會，然後走到最近的一幅壁畫前，摸着壁畫上

的簽名說：「aLINa⋯⋯這是你的簽名？」

「是的，這是筆名，很古怪嗎？」艾連拿笑道。

「不，我只是在想⋯⋯難道你的真名叫**連格**？」

「甚麼？」

謎題②：
夏洛克為甚麼會覺得艾連拿(aLINa)有可能是連格呢？

「這個筆名看起來與卡蓮有關。」夏洛克以試探的眼神望着艾連拿。

「你在說甚麼呀？」猩仔**不明所以**。

「你不覺得aLINa，跟卡蓮(Kalin)及連格(Lingard)的串法有甚麼關係嗎？」夏洛克說。

聞言，艾連拿驚訝得瞪大了眼睛。

「a⋯⋯LIN⋯⋯a，從這個筆名可看得出，你其實仍惦記着卡

艾連拿這個筆名只是簡單的文字組合。不明白如何組合的話，請翻到第86頁看答案吧。

蓮小姐。」夏洛克説。

「你……你想多了。我只是覺得筆名前後都用……**細楷**比較有趣罷了。」艾連拿**期期艾艾**地解釋。

「剛才你不自覺地説出了**卡蓮小姐**的名字。如果你不認識她，為何又會知道她的名字呢？」

「我是這裏的畫師，當然會留意新娘子的名字呀。」艾連拿口中雖然這樣説，但兩眼卻**不敢直視**夏洛克。

「熱牛奶呢？你怎會知道卡蓮小姐喝熱牛奶就能平伏心情？」夏洛克問得**一針見血**。

「這⋯⋯這個⋯⋯」

「你的耳朵缺了一角，是**小時候摔傷**造成的吧？連格先生。」夏洛克以平淡的語氣作出**最後一擊**。

連格被問得**啞口無言**，他深呼吸了一下，終於坦白地答道：「你説得沒錯，我就是**連格**。」

「你就是連格！」猩仔驚叫。

「不要那麼大聲啊。」連格慌了，「希望你們替我**保守秘密**，不要告訴卡蓮。」

「連格先生，我有些事不明白。」夏洛克問，「你既然要離開卡蓮小姐，為甚麼又在明信片上暗藏**愛的訊息**呢？」

「啊⋯⋯這個秘密也給你發現了？其實，我是在卡蓮父親的要脅下，才在明信片上叫卡蓮

不要找我的。但……我心底裏還很愛卡蓮。所以，就以**藤蔓**來暗示了。」

「哎呀，你們這些大人真麻煩啊！」猩仔看不過眼，「仍愛着一個人就該**直接說**呀！就像我喜歡夏洛克當我手下一樣，馬上就把他招攬了，哪用**拐彎抹角**的！」

「不是每個人都像你那樣**厚臉皮**的啊！」夏洛克沒好氣地說。

「哈哈！厚臉皮是我的其中一個**特異功能**啊！不過說起來，在特異功能中，我的**拉屎功**排第一呢！」猩仔說到這裏，突然想起甚麼似的問，「對了，卡莫先生說你的父親是個罪

犯，那是真的嗎？」

「是真的。不過，家父當上牧師時已**洗心革面**。他得知我被要脅後，更主動向警方**自首**。因為給教堂添了麻煩，我就留下來替教堂工作，以作**補償**了。」連格望着壁畫説。

「是這樣嗎？那就簡單啦！去找卡蓮小姐吧！把真相**一五一十**告訴她。哇哈哈，**大團圓結局**了！**大團圓結局**了！」猩仔興奮地説着，拉着連格就走。

「**不、不、不！**」連格慌忙甩開猩仔的手，語帶**苦惱**地説，「我已拋棄卡蓮這麼久，實在沒資格再出現在她的面前。而且……她不是已經找到**歸宿**嗎？我不能破壞她的婚事。」

「可是……」夏洛克總覺得連格應該當面表白，但又不知道該如何勸説。

壁畫裏的回憶

這時，教堂的鐘聲響起，令連格赫然一驚。

「婚禮快要舉行了。我實在沒勇氣看着卡蓮**宣誓**。拜託，請保守秘密，以免影響她的心情。再見！」說完，連格就急急往大門走去。

「猩仔，那個是甚麼人？怎麼他的身影有點眼熟？」剛好小虎妹走了過來，看着連格遠去的背影說。

「**身影**？你說我的身影嗎？哈哈哈，我的身影當然好看啦！」猩仔趕忙假笑幾聲，掩飾

自己的慌亂。

「誰說你的身影，我是說剛走出門口那個人呀。」

「那人是個**畫家**，這教堂壁畫就是他畫的。」夏洛克衝口而出，「他其實是——」

「他其實是個**老畫家**，哈哈哈，很老的，起碼有**60歲**。不，是**70歲**。哈哈哈！」狸仔慌忙搶道，制止夏洛克說下去。

「是嗎？我也想見見那位老人家呢。」這時，與美蒂絲一起走過來的卡蓮聽到三人的對話，就插嘴說道，「這些壁畫⋯⋯不知怎的⋯⋯總讓我有種**莫名的親切感**。」

看樣子，卡蓮

的心情已經平伏了許多。不過，夏洛克仍看到她臉上那兩行**隱隱約約的**

涙痕。

「猩仔，不要為他隱瞞了，我們還是把真相説出來吧。」老實的夏洛克已**按捺不住**，毅然決然地説。

「隱瞞？隱瞞甚麼？」美蒂絲問。

「那個畫家不是甚麼老人，是**連格**，壁畫都是連格畫的。」

「甚麼？連格畫的？」卡蓮驚訝萬分。

「連格還説，那邊像一道拱門似的壁畫，是他**最珍重的回憶**。」夏洛克指着那幅壁畫説，「不過，我看不出是甚麼。或許，你能看

得出吧。」

卡蓮凝神地望着那壁畫一會，卻搖搖頭說：「那是甚麼呢？我也看不出來啊。」

就在這時，一縷陽光透過彩繪玻璃照射到牆上，整面牆壁頓時變得色彩斑斕，

玻璃窗的窗框在牆上形成了黑影，而那黑影竟漸漸化作一對人影。原本壁畫上的拱門，就像被萬紫千紅的花瓣包圍着一樣，添上了各種色彩。最終……更逐漸幻化成一架鞦韆，一架美得令人心醉的鞦韆。

「這……嗚……嗚……這是……」卡蓮瞬間化作淚人。

　　壁畫與彩繪玻璃的映照下，融合成一幅全新的畫，描繪出一對男女坐在鞦韆望向日落的情景。只有卡蓮才明白，這是當年連格向她求婚時的情景。

「你願意嫁給我嗎？」

「除了繪畫之外，我沒有其他技能。但我會把我們美好的回憶全部畫出來，讓它們一直留存後世。就像我對你的愛一樣，再過**百年**、再過**千年**都會繼續留存下去。」

連格當年的情話，在卡蓮腦海中不斷回響。

「連格！」卡蓮不顧拖着**長長的婚紗**，直往教堂外面奔去。

賓客們紛紛向她投以**詭異的目光**，但她沒有理會，只是不斷地叫

道：「連格！連格你在哪兒？」

奔呀奔！卡蓮 **不顧一切** 的狂奔，但長長的婚紗讓她突然失去平衡，令她直往地面摔去！然而，就在那一剎那，一個身影從人羣中衝出來，一手把她扶住。

「你沒事吧？」

卡蓮抬頭一看，一眼就認出了扶住她的人就是連格。

「連格！你為甚麼要避開我？」

「我沒資格再見你了。」

「我看到那幅壁畫了，你還愛我吧？」

「由認識你那一天開始，從來**沒有一刻不愛你**。」

「現在也是？」

「現在也是。只是**錯過的時光**，已經不能再回頭。」連格眼泛淚光，「你已經找到新的對象，我只能**默默地祝福**。我會像那幅壁畫一樣，把與你一起的美好回憶，好好埋藏在心裏。」

卡蓮聽到後無言地落淚。

就在這時，卡蓮的老父卡莫**怒氣沖沖**地從人羣中走出來，他指着連格劈頭就罵：「**臭小子**，你還來這裏幹嗎？想破壞卡蓮的婚禮嗎？」

「我……」連格不知如何回答。

「**爸爸!**」卡蓮一

步搶前,怒瞪着自己的父

親說,「我知道一切都是你搞出來的!

你為了攀附有錢人,就要我嫁給富商!我

現在要與你**脫離父女關係**!再見!」

說完,卡蓮拉着連格轉身就走。

「不准走!你給我站住!」卡莫慌忙追過去。

然而,卡蓮猛

然脫掉長長的

婚紗,又把腳上

的高跟鞋一甩,然

後**頭也不回地**

抓住連格的手

拔足狂奔。

「不准走！給我抓住他們！」卡莫邊叫邊追。

夏洛克見狀馬上推了猩仔一下，猩仔意會，他用力一蹬，故意**左腳絆着右腳**似的飛身往卡莫撲了過去！

「哎唷！我摔倒了！」猩仔裝模作樣地**抱着卡莫雙腿不放**。

「**哇呀！**」卡莫「**嘭**」的一下摔倒在地上。

「啊！」賓客們**驚呼四起**，全部都被這突如其來的場面嚇得**目瞪口呆**。

這時，夏洛克看到卡蓮與連格已手拉着手

遠去，並在街角消失了。他的媽媽美蒂絲在賓客中向他遞了個眼色，也急急地往那個街角走去。他知道，媽媽是去追卡蓮和連格，並且會幫助這對**曾經分離的愛侶**踏上**新的旅程**。

賓客散去後，卡莫只好**垂頭喪氣**地走去向男家解釋。

猩仔和夏洛克就像破了一起大案似的，**意氣風發**地準備離開。突然，不知何時已消失了的小虎妹「**嘭**」地攔在猩仔前面。

猩仔定睛一看，只見她手上還拿着那根**嚇人的雞毛帚**。

「哇！你想怎樣？」猩仔慌忙立正，「婚禮都取消了，仍要**彩排**嗎？」

「不是彩排啦。」小虎妹溫柔地說，「你剛才不是摔倒了嗎？我只是想幫你**撣一撣**你身上的灰塵罷了。」說完，她舉起雞毛帚，就往猩仔身上打去。

「哇哇哇，好痛！」

「忍一忍吧，要大力一點才能把灰塵撣乾淨呀！」小虎妹說完，又**手起刀落**，「啪」的一聲打下去。

「不要呀！我不用你幫我撣灰塵呀！」猩仔大叫一聲慌忙逃走。

「不要走！還未揰乾淨呀！」小虎妹邊追邊

打，**死咬**不放。

夏洛克看着這對**歡喜冤家**遠去的身影，

不禁哈哈大笑起來。

解謎篇

謎題①

畫中的綠色樹枝可看成「2I < 6U」。當寫成算式計算的話，就會得出「I<3U」，也就是「I♡U」，即「I LOVE YOU」的意思。

$$2I < 6U \Rightarrow I < \frac{6}{2}U \Rightarrow I < 3U$$

$$I \heartsuit U \Rightarrow I\ LOVE\ U$$

謎題②

除了從連格的耳朵看出端倪外，夏洛克也在意為何艾連拿的簽名「aLINa」的首尾「a」都是細楷。因為，卡蓮英文名的寫法為「Kalin」；而連格英文名的寫法為「Lingard」。「a」和「lin」都是兩個人名共通的英文字母，分別只是一個「a」在前，一個「a」在後。所以，夏洛克就懷疑「aLINa」這個筆名與卡蓮和連格兩人有關，也暗藏着連格對卡蓮的愛意了。

實戰推理短篇

樂譜的呼救

兇惡的 逃犯

一輛黑色的馬車在街上飛馳。

車中，麥克探長緊盯着坐在他對面的男人。

為了追捕眼前這個**謀財害命**的犯人，麥克已經有一整天沒睡了。雖然很累，但能夠把這名

潛逃多時的**頭號通緝犯**緝拿歸案，麥克還是相當高興的。

「**飛天豹**，你最終還是被我擒獲呢。」麥克説。

「哼！我一定會逃走的。」飛天豹**悻悻然**地説。

「是嗎？你快要被送進監牢了，恐怕你**插翅難飛**啊。」

飛天豹像隻**鬥敗了的公雞**似的，默不作聲地低下頭來。

看到飛天豹這個**垂頭喪氣**的樣子，麥克本來**繃緊的神經**不禁鬆了下來。他看着窗外的風景，心想：「只要把他押送到蘇格蘭場，我就可以回家好好睡一覺了。」

想到這裏，忽然，一股強烈的倦意隨即襲來，麥克禁不住打了一個**呵欠**。

就在這一刹那，「**蹦**」的一聲響起，麥克感到下巴閃過一下強烈的痛楚，並迅即**眼前一黑**！

「遇襲了！」同一瞬間，麥克意識到是飛天豹用頭猛撞他的下巴！

「可惡！」麥克定一定神，正想往飛天豹撲去時，只見對方已一腳踢開了車門，並**縱身一躍**跳出了車外！

「啊！」飛天豹在地上**打了幾個跟頭**後，迅即站了起來，並一個箭步往大街的方向奔去。

「**混蛋！別想逃！**」麥克掩着流血的鼻子跳下馬車，**拔腿就追**。但飛天豹跑得很快，轉眼間已拐過了街角。麥克緊隨其後，也慌忙拐過街角追去。可是，他一拐彎，就**愣住**了。

街道上**熙來攘往**，飛天豹已

混入人群之中，失去了影蹤。

「**豈有此理！**」

麥克一腳踢到身旁

垃圾桶上，氣得

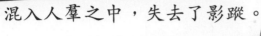

七孔生煙。

「新丁1號！走快點！走快點！快要開始

啦！」猩仔**拚命催促**。

「嘉年華會要

到晚上才結束，你

這麼急幹嗎？」夏

洛克**不急不躁**

地跟在猩仔後面。

「哎呀！獎品不等人呀！會場內有很多攤位遊戲，不快一點玩的話，獎品會給別人拿光呀！快走、快走！否則我會憋出大響屁來啊！」猩仔回過頭來大叫，雙頰已急得漲紅。

「甚麼？**憋出大響屁**？」夏洛克被嚇得大驚，「千萬不要！你忍着，我快一點就是了。」說完，他慌忙急步往前追去。就在這時，他的眼尾卻瞥見有人**閃閃縮縮**地躲在一個垃圾桶的旁邊，**形跡非常可疑**。

然而，當他定睛再看時，卻發現那不是別人，竟是一個他們**熟悉的警探**。

「咦？那人不是**雷斯**嗎？」夏洛克拉住猩

仔說。

「雷斯？」猩仔也定睛一看，果然是雷斯。

「雷斯！哈哈，你竟然開小差來嘉年華會玩耍！」猩仔一個箭步衝到雷斯背後叫道。

「哇！」雷斯被突如其來的叫聲嚇得人仰馬翻，一屁股就坐到垃圾桶上去。

雷斯好不容易從垃圾桶爬起來，詫異地問：「猩仔？夏洛克？你們為甚麼會在這裏的？」

「還用問嗎？當然是來參加嘉年華會呀！」猩仔興奮地說。

「噓，輕聲一點。」雷斯突然壓低嗓子說，「為保安全，你們還是馬上離開吧。」

「為甚麼？」夏洛克問。

「是這樣的。」雷斯**神經兮兮**地往四周看了看，「一個綽號飛天豹的逃犯逃到這裏後突然**人間蒸發**。我們已包圍了附近一帶，並設了**檢查關卡**，但暫時還未發現他的影蹤，相信他已潛進嘉年華會中躲了起來。」

「甚麼？有逃犯？還躲進了嘉年華會？」猩仔瞪大了眼睛，「為甚麼不進去**搜捕**？」

「哎呀，別那麼大聲啊。」雷斯慌忙按住猩仔的大嘴巴，「這裏**遊人如鯽**，飛天豹為人又**心狠手辣**，為免**傷及無辜**，我們不能進

行大規模的搜查啊。」

「哇哈哈！太好啦！又是**少年偵探團G**表演的時候了！」猩仔撥開雷斯的手，神氣十足地說，「不管那個甚麼豹懂得飛天遁地，我和新丁1號都會把他揪出來的！」

「不行！不行！太危險了，我不能讓你們插手。」雷斯連忙制止。

「但是光等也不是辦法呀。」夏洛克想了想，說，「我們在會場內到處走走，如看到可疑的人就通知你。這樣的話，就不會有危險了。反正我們是小孩

子，不會引起逃犯懷疑。」

雷斯遲疑了一會，最後點點頭說：「好吧。但你們**萬事小心**，只可小心觀察，看到**惡形惡相**又**皮膚黝黑**的人就回來通知我。記住，絕不可**以身犯險**和**擅自行動**。明白嗎？」

「明白了。」夏洛克領首道。

「放心吧！我們看到惡形惡相又皮膚黝黑的人，馬上就會把他**抓**回來的！」猩仔拍一拍自己的胸膛，然後一個急轉身，已往會場內奔去了。

「哎呀！他究竟有沒有聽懂我的吩咐呀？」雷斯被氣得**七孔生煙**。

「不用擔心，我不會讓他亂來的。」夏洛克丟下這麼一句，馬上往猩仔追去了。

尋找飛天豹

　　夏洛克趕上猩仔時，剛好穿過掛滿氣球的大門，走進了嘉年華會會場。

　　「嘩！好多不同的攤位啊！」猩仔雀躍萬分，「你看！每個攤位後面都有個小帳篷，一定是放滿了獎品啊！我要玩！玩！玩！贏盡全場的獎品！」

「喂，這麼快就忘了**重要任務**嗎？」夏洛克沒好氣地提醒，「我們是來找可疑的人啊。」

「哎呀，你沒看到嗎？每個攤位前面都已擠滿了人，不快點玩的話，獎品會被其他人全部贏走啊。不如一邊玩一邊找吧。」

「不行，你不是**立志要當警探**嗎？警探必須先完成任務，才可以去玩呀。」夏洛克刺到了猩仔的痛處。

「哎呀，算了、算了。」猩仔不得已地說，「先找可疑的人吧。」

兩人一邊走一邊小心翼翼地觀察，連坐着休息的老人、**一家大小**的家庭客、**卿卿我我**的情侶和到處奔跑的小孩

也不放過。

可是，兩人在場內觀察了**半個小時**，仍一無所獲。

「雷斯説那個飛天豹長得惡形惡相又皮膚黝黑吧？可是我們還沒有看到一個這樣的人啊。」猩仔有點**喪氣**地説。

「他是逃犯，當然是躲了起來吧。不會那麼容易給我們發現啊。」

「**等等！**你看！」忽然，猩仔眼前一亮，用力拍打夏洛克的肩膀大叫。

「發現飛天豹了？在哪？」夏洛克**萬分緊張**。

「不！那獎品呀！你看那攤位的獎品是甚麼！」猩仔指着一個**解謎遊戲**攤位叫道。

「哎呀，不是說好了先不要玩攤位遊戲嗎？」夏洛克氣結。

「不！你看清楚那個獎品才說吧！那是刻有**蘇格蘭場警章的密碼盤**呀！那是我的！我要定了！」猩仔說罷，已**一個箭步**衝到那攤位前面。

「小朋友，要來玩解謎遊戲嗎？只要答對問題，就能得到這個**密碼盤**啊。」店主看到猩仔跑過來，馬上**熱情地招待**。

「身為**未來的蘇格蘭場幹探**，當然要玩！」

尋找 飛天豹

「那麼，你只要付 **1先令**，就可從箱子裏抽一道謎題。能破解的話，密碼盤就是你的了。」店主笑道，「不過，謎題並 **不易破解** 啊。」

「少囉唆！拿去吧！」猩仔掏出1先令塞過去，「我是破解謎題的 **隱世高手**，你的獎品是我的了！」說着，他伸手一插一抽，就從箱子中抽出了一張謎題紙。

「唔？這道謎題是？」他盯着紙上的謎題，不禁 **皺起眉來**。

APPLE=3
BOOK=4
COOK=2
DOOR=?

謎題①：請問「？」代表甚麼？

「隱世高手，懂得拆解嗎？」店主笑問。

「嗚……嗚……」突然，猩仔雙手握拳**紮起馬步**，彷彿快要拉出屎來似的漲紅了臉。

「小朋友，你怎麼了？」店主驚訝地問。

「猩仔，千萬不要——」

但夏洛克還未說完，「**呠**」的一聲巨響傳來，猩仔已放了一個**超大的臭屁**。

「哇！好臭呀！」店主掩鼻慘叫。

「哇哈哈！我明白了，

答案就是1吧！」猩仔叫道。

「傻瓜！你**不放屁**就不懂得思考嗎？」
夏洛克罵道，「更糟糕的是，你還說錯了答案
呀！」

「怎會？」猩仔自信滿滿地説，「有**2**、**3**
和**4**，一看就知道只欠**1**啦！」

「**咘、咘、咘！**」店主被臭屁嗆得連咳數
聲，搖搖頭説，「你的同伴説得對，你答錯了。」

「真的？那麼答案是多少？」猩仔不肯相信。

「是**4**，答案是**4**呀。」夏
洛克沒好氣地説。

「為甚麼是4？」

「你看不到 **APPLE=3**
中**填黑了**的地方
嗎？」

數一數文字上被填黑的地方，就能知道「？」代表甚麼了。想不通的話，可以翻到第127頁看看答案啊。

「填黑？」猩仔仍不明所以。

「**太棒了！**」店主向夏洛克讚道，「這道謎題從沒有人答中，居然被你答中了。沒錯，答案就是4。這個密碼盤送給你吧！」

夏洛克仍未碰到密碼盤，猩仔已一手搶去：

「我是團長，給我保管！」

奪過密碼盤後，猩仔突然亮出背面的**警章圖案**，神氣十足地叫道：「哇哈哈！**頭號通緝犯**夏洛克，我是**蘇格蘭場幹探**猩爺！快束手就擒吧！」

「你才是通緝犯！」夏洛克氣結，「那是密碼

盤，不是警章，不懂得用就別**亂叫亂嚷**。」

「用？你知道怎麼用嗎？」

「算了，讓我教你吧。不過，我們還要找飛天豹啊，一邊找一邊說吧。」

「好呀。」

「密碼盤上的數字代表**加密金鑰**，只要把密碼盤的內輪，根據加密金鑰轉到A的位置，就會得知解密的方法。」夏洛克邊走邊說。

說罷，他把密碼盤上的A轉到跟2相對的位置，然後繼續道：「如**加密金鑰是2**的話，我們就得到

A=C、B=D

的加密法。依據這加密法，APPLE就會被加密成CRRNG。」

「原來如此，很有趣呢。」猩仔**似懂非懂**。

這時，不遠處的攤檔有人向他們叫道：「喂，那邊的小朋友，你們想聽演奏嗎？」

夏洛克看過去，只見一名拿着**小提琴**的紳士，臉上掛着**尷尬的笑容**向他們招手。

「你看不見嗎？我們很忙喔！」猩仔一口拒絕。

「不……不會花你們很多時間的。」紳士**顫動着嘴唇**說。

夏洛克發現紳士**額角冒汗**，笑容也不自然，感覺**事有蹊蹺**，便應道：「好呀！我們就來聽一曲吧。」說完，他用肘子撞了猩仔一下。

「謝謝你們。我叫奧圖，就讓我為你們演奏

一曲吧。」

　　說着，他把小提琴擱在肩膀上，然後輕輕地一拉。就在那一瞬間，**悅耳的樂聲**隨即翩然而至，令人感到**如沐春風**。

　　然而，夏洛克聽着聽着，卻感到音符恍如**時鐘的秒針**似的，

「滴答滴答」地一下又一下的躍動着。

　　可是，聽不到半分鐘，猩仔已**哈欠連連**，自顧自地玩起密碼盤來。

一曲過後，夏洛克**大力鼓掌**，又用肘子撞了猩仔一下。

　　「啊，你叫我打賞嗎？」猩仔會錯意，不情不願地從口袋中掏出了**一枚銀幣**。

　　「不……不用了。」奧圖卻尷尬地說，「但可以借你的**密碼盤**給我看看嗎？我覺得它很漂亮。」

　　「不用打賞？哈！賺了呢。」猩仔把銀幣塞回口袋中，「這個借給你看看吧！」說罷，就把密碼盤遞上。

　　「**手工好精緻**呢。」奧圖把A扭向0的位置說，「不過，這才是**正確的位置**啊。」

　　「正確的位

置？密碼盤沒有甚麼正確的位置吧？」夏洛克**心裏感到奇怪**。

「喂！只是看看，不能亂動啊！」猩仔一手奪回密碼盤。

「對不起。」奧圖慌忙道歉。

「奧圖先生，剛才那首曲叫甚麼名字？」夏洛克問。

「啊……那是海頓的《**時鐘交響曲**》。」說着，奧圖往掛在**攤檔上的大鐘**瞥了一眼，「現在幾點了？奏着奏着，連時間也忘掉了呢。」

夏洛克感到對方**似有所指**，就往那大鐘看去。他這時才注意到，大鐘是**24小時制**的，

而且**每個小時的刻度**之上都刻有**不同音符♪**，設計非常特別。

「你這個時鐘很特別呢，是英國製的嗎？」夏洛克試探地問。

「不，那是奧地利製的。」奧圖解釋道，「只有~~音樂之都維也納~~的工匠才會有這個雅興，以不同的音符來代表不同的時間。想起來，其實很像你們的**密碼盤**呢。」

「哎呀，別聽他**囉囉唆唆**的，我們走吧。」猩仔拉着夏洛克就想走。

聞言，奧圖有點慌了，連忙說：「那個……可以再聽我演奏一曲嗎？這首曲對我來說很重要的。」說着，他**望了望密碼盤**，又**望了望時鐘**。

「可以呀。」夏洛克察覺對方似有**隱衷**，

於是爽快地答應。

「哎呀，我們還有 **要務在身**，你怎可以只顧聽音樂啊！」猩仔不耐煩地抗議。

「奧圖先生說這首曲很重要，不聽怎麼行？」

「謝謝你們。」奧圖惟恐猩仔拉走夏洛克，馬上演奏起來。

然而，奧圖只拉了 **不到10秒**，琴音 **戛然而止**。

「完了，覺得怎樣？」奧圖有點緊張地問。

「你這樂曲也 **太短** 了吧。」猩仔說，「我放的 **響屁** 也比它長啊！」

「是嗎？短是短了點，但你們不覺**情義很深**嗎？」說着，奧圖用力地**眨了眨眼**。

夏洛克感到對方另有所指，就說：「我很喜歡這首曲，想學習一下，可以把**樂譜**寫給我嗎？」

「可以，當然可以。」奧圖**喜出望外**。

奧圖拿出紙筆，正準備抄寫樂譜時，突然，一個女聲從帳篷中傳來：「奧圖……**不要做多餘的**

事。」

奧圖被嚇了一跳，慌慌張張地應道：「客……客人想要**樂譜**，我……寫一份給他罷了。」

女聲沉默一會，說：「你寫完後，先給我看看。」

「好……好

的……」奧圖說到這裏時，額角已流下了一顆**豆大的冷汗**。夏洛克眼底**寒光一閃**，都看在眼內了。

「抱歉，**是內子**。」奧圖解釋道，「她怕我寫錯樂譜。」

「別**囉囉唆唆**的，快寫吧！」狸仔更不耐煩了，「我們很忙的啊！」

「對不起，我馬上寫。」奧圖很快就寫好了，並馬上把樂譜往帳篷的縫隙遞去。這時，夏洛克瞥見**一隻手**從縫隙中伸出，迅速取走了樂譜後又縮了回去。

不一刻，那隻手又把樂譜遞了回來，並說：
「沒問題了。」

　　「謝……謝謝。」奧圖**臉帶懼色**地應道。

　　「哎呀，還**磨蹭**甚麼？快把樂譜拿來！」
猩仔無禮地催促。

　　「是的、是的。」奧圖慌忙把樂譜遞上。

　　夏洛克接過後看了看，以**炯炯有神**的眼
睛盯着奧圖說：「謝
謝你，我會按照樂
譜練習的。**有緣
再會。**」

「好的，**有綠再會**。」奧圖看到夏洛克的眼神，用力地點點頭。

「走啦！走啦！」猩仔又再催促。

「好的，走吧。」

然而，當夏洛克隨猩仔走遠了後，卻突然**拐到一個帳篷後面**。

「喂！你怎麼了？」猩仔訝異。

「**情況危急**，我們快去找雷斯吧。」夏洛克壓低嗓子說。

「找雷斯？難道……？」猩仔赫然一驚。

「沒錯，**我已發現逃犯的藏身之處了。**」

「甚麼？在哪兒？」

「**就在奧圖身後的帳篷裏。**」

「你怎麼知道的？」

「看這樂譜就明白了。」

「明白？明白甚麼？」

「我正在學小提琴，懂得看樂譜，**正式的樂譜**是不會這樣寫的。」夏洛克解釋道，「依我看，這是奧圖給我們的**密碼信**。」

「密碼信？」

謎題②：
奧圖交給夏洛克的樂譜隱藏着甚麼意思？

「對。不過，要解開奧圖的密碼。我們需要

兩樣東西……」

①密碼盤

②奧圖的
24小時制大鐘

「只要細心比對——」

「哎呀，別**故弄玄虛**了，直接說出信中

內容吧！」猩仔嚷道。

「好的。簡單而言，

把這些音符轉成文字，就

是『**wife was held hostage, fugitive**』。雖然文法不通，但我相信句子的意思是『**內子被逃犯脅持了**』。所以，飛天豹一定就在奧圖身後的帳篷內！」

密碼盤和24小時制的大鐘有甚麼關係？想不通的話，可以翻到第127頁看看答案啊。

「原來如此！那麼我去找雷斯，你在遠處監視，等我回來才行動！」

「好！就這麼辦！」

「嘿！」猩仔亮出密碼盤上的警章圖案，**威風凜凜**地說，「我一定會把逃犯拿下的！」

拯救  奧圖

過了不久，夏洛克和猩仔又來到了奧圖的攤位。

「奧圖先生。」夏洛克趨前打了個招呼。

「啊，你們來了？」奧圖喜出望外，但神情又有點閃縮。

「其實我也在學拉小提琴，為了答謝你剛才的演奏，我跟猩仔也想表演給你看看。請問方便借你的小提琴給我嗎？」夏洛克説着，暗中**遞了個眼色**。

奧圖意會，悄悄地朝夏洛克所看的方向望去。原來，雷斯正**不動聲色**地接近帳篷，看來即將會**有所行動**。

「那麼，請你表演吧。」奧圖緊張地**吞了一口口水**。

夏洛克接過小提琴，深深地吸了一口氣，然後慢慢提起琴弓，熟練地拉起小提琴來。

悅耳的音樂隨即輕輕奏

起，琴音恍如**小雨點**那樣，輕快地灑落大地。然而，隨着夏洛克拉動的速度加快，琴音或**像暴雨**、或**像急流**，**激情**地高低起落，聽得奧圖心跳也加速起來。

當夏洛克奏完一曲後，狸仔「*吭吭吭*」地清了清喉嚨，挺起胸膛說：「他奏得不錯吧？其實我更好啊，就讓我也為你獻唱一曲『**名偵探狸仔**』吧！」

狸仔用破嗓子忘我地唱着自己的原創歌曲，

內心正義烈如火♪ 奸黨惡賊定去除♬

敏捷身手烈如風」鼠竊狗偷勢難逃♫

破盡奇案♪懲治罪惡♫

最強無敵♪英俊瀟灑♬

玉樹臨風♪名偵探狸仔♫

啦啦啦♬啦啦啦」

嚇得在附近覓食的野鴿子也四散而逃。因為，他的歌聲就像鐵叉子在面盆上用力刮那樣，**吱吱囃囃**的實在難聽得令人**毛骨悚然**。

突然，奧圖身後的帳篷傳出一聲慘叫：「**很難聽呀！不要再唱了！**」

接着，帳篷中走出一個臉容扭曲、拼命按着自己耳朵的男人。那不是別人，就是**逃犯飛天豹**！他忍受不了猩仔怪叫的攻擊，竟不顧**暴露身份**的危險走了出來。

就在這時，埋伏在附近的雷斯看準時機，猛然飛撲過去把他抓住。但飛天豹也非**善男信女**，只見他雙手

用力**一拉一摔**，就把雷斯狠狠地摔到地上，並迅即奔向人羣。

但夏洛克**眼明手快**，一手奪過了猩仔的密碼盤，把它當作飛鏢一樣猛地擲去。

「嗖」的一下，密碼盤不偏不倚地打在飛天豹的膝蓋上。

「哇呀」一聲慘叫響起，飛天豹已**應聲倒下**。這時，雷斯已翻身追了過來，他用**盡全身之力**把飛天豹壓在地上。

同一時間，麥克探長

123

也帶着增援趕到，一起把飛天豹制伏了。

「親愛的！」這時，奧圖的太太從帳篷中衝了出來。

「我們獲救了！」奧圖擁着太太**喜極而泣**。

「你太太沒受傷吧？」夏洛克趨前問。

「她沒事。謝謝你！」奧圖激動地說，「你察覺到我的**求救**吧？真聰明啊！」

「哈哈哈！我當然聰明！」猩仔**恬不知恥**地搶道，「你寫的**密碼信**實在太簡單了，我

一眼就看懂啦！」

「是嗎？幸好你看得懂啊。那逃犯忽然衝進來脅持內子，又要求我繼續表演，以瞞過警方的**耳目**。我不敢反抗，只好照做。不過，當看到你們拿着密碼盤走過，就**靈機一觸**，把樂譜寫成**密碼信**求助了。太感謝你們啦！」

「不用客氣，身為未來的蘇格蘭場幹探，我是**義不容辭**的！」說到這裏，猩仔忽然想起甚麼似的問，「對了，我的密碼盤呢？」

「**在這兒**。」

夏洛克撿起被砸碎了的密碼盤説。

125

「哇！怎會這樣的？」猩仔**大驚失色**。

「剛才把它當作，才能制止飛天豹逃走呀。」

「豈有此理！氣死我啦！好不容易才贏得的獎品啊！」猩仔**鼓起**腮**幫子**憤怒地嚷着。忽然，他兩頰漲紅，「噗」的一下放了一個超大的響屁，嚇得周圍的人**雞飛狗走**。但可憐的飛天豹卻被臭屁擊個正着，「嘭」的一下倒在地上，**口吐白沫**的昏了過去。

解謎篇

謎題①

　　英文字母上有些部位被填黑了，數字其實是代表填黑部位的數量。所以，只要數一數被填黑的部位，就能得出答案是4。

APPLE=3　 ■■■K=4　 C■■K=2　 ■■■R=?

謎題②

① 要解開樂譜之謎，必須對比密碼盤與24小時制的大鐘。

② 從而得出每個音符代表的英文字母。由於大鐘只有24個音符，所以並不包括Y及Z。

③ 比對樂譜，就能得出句子：

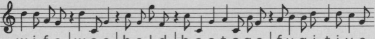

wife | was | held | hostage | fugitive

　　夏洛克估計全句應該是 "My wife was held hostage by the fugitive."（「我的妻子被逃犯脅持了。」）

　　但由於情況危急，而且又沒有y的關係，所以奧圖在密碼信中省略了my及by等字。此外，由於奧圖的樂譜寫法，跟正式的樂譜分別很大，所以夏洛克一眼就看出箇中端倪了。

大偵探 福爾摩斯

實戰推理系列

SHERLOCK HOLMES

最後的棋局 ⑥

原案&監修 / 厲河　小說&繪畫 / 陳秉坤

着色 / 陳沃龍、徐國聲　封面設計 / 陳沃龍　內文設計 / 麥國龍、葉承志

編輯 / 郭天寶、蘇慧怡

出版

匯識教育有限公司

香港柴灣祥利街9號祥利工業大廈2樓A室

想看《大偵探福爾摩斯》的
最新消息或發表你的意見，
請登入以下facebook專頁網址。
www.facebook.com/great.holmes

購買圖書

承印

天虹印刷有限公司

香港九龍新蒲崗大有街26-28號3-4樓

發行

同德書報有限公司

九龍官塘大業街34號楊耀松（第五）工業大廈地下
電話：(852)3551 3388　傳真：(852)3551 3300

第一次印刷發行

©Lui Hok Cheung
©2022 Rightman Publishing Ltd. All rights reserved.

2022年10月
翻印必究

ISBN:978-988-76231-3-7

港幣定價 HK$60
台幣定價 NT$300

發現本書缺頁或破損，
請致電25158787與本社聯絡。

網上選購方便快捷　　購滿$100郵費全免
詳情請登網址 www.rightman.net